I0546848

LA

PLAINE DE CAEN

VISITE

DE L'ÉTABLISSEMENT HIPPIQUE DE M. C. BASLY

PAR CH. DU HAYS

MORTAGNE

LONGIN ET DAUPELEY

1865

LA

# PLAINE DE CAEN

PAR CH. DU HAYS.

—

## VISITE

### A L'ÉTABLISSEMENT HIPPIQUE DE M. BASLY,

Il n'est pas un éleveur, il n'est pas un homme de cheval, qui ne doive, en touchant le sol de Caen, une visite à l'Institut Hippique de Saint-Contest. A ceux qui l'ont déjà vu, à ceux que leurs relations n'ont pas conduits dans ces lieux, j'en veux donner une peinture abrégée, offrir une courte notice, pour rappeler aux uns un tableau qu'ils ont admiré, pour suppléer, près des autres, par quelques lignes incomplètes, à une appréciation qui ne s'acquiert bien que par la vue. Puissent ces quelques mots hâter une excursion qui sera pour tous un voyage de plaisir et un sujet d'instruction.

A une lieue de Caen, du côté du nord, sur la route de Creuilly, au milieu d'une plaine fer-

1855

tile et dont de riches moissons sont la seule parure, l'œil découvre, sur la droite, une vieille église surmontée d'une grosse tour, gracieux monument du XIIIe siècle. Au pied de cette église, de nombreux bâtiments groupés indiquent une ferme considérable. C'est l'établissement équestre de M. Basly, l'éleveur renommé, dont le nom seul vaut un éloge; M. Basly, que l'on pourrait justement surnommer le pourvoyeur des Haras, et à qui les nombreux triomphes de ses élèves, dans les courses au trot, ont valu d'un charmant et spirituel auteur, M. Eugène Chapus, le titre de : *l'Alexandre des courses au trot.*

Une grande porte cochère, ouvrant sur le chemin, donne accès à une vaste cour entourée de bâtiments. Cette cour forme un parallélogramme allongé dont une maison d'habitation mesure un des petits côtés. Autour des trois autres, s'alignent trois longs corps de bâtiments. Un des angles est occupé par une grande mare servant à abreuver la ferme; elle vient se développer jusqu'aux pieds de la maison dont le front se mire et tremblotte dans les eaux.

Le reste de l'espace, celui qui est le plus éloigné de la demeure du maître, profondément creusé, contient une énorme forme à fumier qui offre aux regards sa montagne fertilisante. En face de la porte d'entrée, est une barrière donnant accès sur un long promenoir qui mène à un hippodrome et à des paddocks dont nous parlerons plus tard.

Une voûte percée dans l'aile gauche des bâtiments, conduit à une seconde cour, vaste, toute entourée de bâtiments et formant, comme la première, à laquelle est parallèlement accolé, un carré long et régulier. A l'extrémité de cette cour, comme à l'extrémité de la première, deux larges voûtes conduisant dans une troisième enceinte, formant un carré long et adossée aux deux autres, dans le sens de sa plus grande longueur.

Une immense citerne, où toutes les eaux des toits viennent se perdre, apparaît à ciel ouvert, au centre de l'espace. Ces eaux, que l'air extérieur et les rayons du soleil réchauffent sans cesse, sont moins crues et plus saines pour la boisson des chevaux privés de l'onde courante des ruisseaux. D'un côté de cet enclos, des boxes bien aérées par de larges vasistas, de l'autre, des hangars ouverts, clos seulement de trois rangs de lisses, sont destinés à recevoir les poulains qui arrivent des herbages et qu'une réclusion complète et le changement subit de température rendraient infailliblement malades.

Des boxes de trois mètres carrés chacune, et pouvant contenir, toutes ensemble, 150 chevaux, occupent toutes ces constructions. Elles sont précédées, pour la seconde cour seulement, d'une galerie de plus de deux mètres de large, régnant tout autour et formée par la saillie des toits. Cette galerie sert de promenoir couvert pendant les mauvais jours et on y peut panser facilement les chevaux qui, tout à la fois, évitent les injures du temps et respirent un air pur que ne charge point la poussière du pansement.

Le plafond, qui n'est formé que de poutres

très espacées, communique avec les fenils et làisse circuler l'air à la surface du foin; les fourrages se conservent très longtemps ainsi, sans poudrer ni s'échauffer.

Au midi de ces bâtiments, s'étendent, sur une seule ligne, desservies par le trottoir que j'ai indiqué plus haut, cinq cours ou paddocks contenant chacune un hectare environ et garnies d'une vaste écurie. Ces enclos servent l'hiver à contenir les petits poulains qu'on y met au sevrage et qui peuvent sortir ou rentrer librement. Pendant l'été, ils sont occupés par des poulinières ou des poulains qui ont besoin d'être remis en liberté. Des haies vives et hautes, plantées sur des talus assez élevés pour ne pas permettre aux chevaux de se voir, les closent comme des murs et offrent à l'œil une verdure qui déguise mieux la captivité et la rend moins malheureuse.

Au devant de ces cinq paddocks, un immense champ se déploie, uni comme une glace, d'un sol profond et doux, où pas un caillou ne se pourrait rencontrer. C'est sur ce terrain qu'a été tracé l'hippodrome. La piste de 4 mètres de largeur, a 1,800 mètres de tour environ. Un trottoir de 550 mètres de longueur, coupant le diamètre de ce champ de course, permet d'exercer le cheval, tantôt sur une ligne droite, tantôt sur une ligne courbe, selon les exigences de l'entraînement et les aptitudes de l'élève. Cette piste, labourée tous les 10 à 12 jours, hersée tous les 3 ou 4 jours, offre un sol moelleux et doux comme celui d'un manége. On peut y travailler le cheval tous les jours, aux allures les plus vives, sans crainte de claquer ses tendons, ou de faire sortir des molettes ou de l'habituer à répéter en trottant.

Excellent pour les courses au trot, il est aujourd'hui trop petit pour les courses au galop, que M. Basly veut aborder maintenant. Le cheval de galop, toujours plié dans cet étroit espace, tend toujours à s'échapper par la tengente et ne peut être ramené dans les courbes qu'au risque d'être démoli. Pour bien entraîner au galop, il faut les allées sans fin de Chantilly au sol élastique et doux, ou la grande avenue du Haras du Pin avec sa pelouse moelleuse et unie.

Je ne manquerai point aux lois de l'hospitalité en offrant aux méditations des éleveurs les méthodes de M. Basly, ses succès ne tiennent à aucun secret, il n'élève point dans l'ombre, chacun peut venir le voir à l'œuvre et étudier sous ce maître renommé. Son système consiste dans l'observation savante des meilleures méthodes et à suivre d'un pas sûr les règles de la plus saine logique. Choisir les meilleurs poulains, ne transiger jamais sur les origines, bien nourrir, fortifier par un travail régulier et progressif, tel est son programme, telle est la source de ses succès.

Les poulains de lait qu'il achète chaque année, lui sont livrés vers le mois de novembre, on les dépose dans les cinq paddocks dont j'ai parlé plus haut, ils y vivent en liberté, sortent quand le temps est beau et reçoivent chacun six litres d'avoine par jour.

Aux premiers beaux jours du printemps, ils sont envoyés dans les fertiles herbages de la vallée de Corbon où leur développement se

fait promptement et où ils prennent une ampleur considérable. Tel poulain qui s'échappe-
rait infailliblement dans nos *herbages du Merlerault*, se ramasse dans ceux-ci, y acquiert de
l'étoffe et du gros. L'hiver les ramène à Saint-
Contest, et à partir de cette époque, une éducation nouvelle va commencer pour eux. Ce
ne sont plus les paddocks où la liberté est
complète, qui les reçoivent à leur arrivée, ce
n'est pas encore la boxe solitaire où ils seront
enfermés à trois ans, un moyen terme les habitue peu à peu à la servitude, sans leur
laisser toutefois trop entrevoir la chaîne qui
les retient. On les enferme deux ou trois ensemble dans ces vastes hangars que nous
avons déjà vus, ouverts tout d'un côté, où
l'air extérieur arrive librement et qui ne sont
clos que par trois rangs de lisses. Le pas-
sage brusque et sans transition de l'air vif des
vallées à celui trop tiède et trop raréfié de la
boxe aurait trop d'inconvénients pour ces jeunes chevaux. La nourriture prise dans les ra-
teliers leur eût semblé trop différente de celle
broutée sur le sol, on leur jette leur fourrage en
dehors de leur clôture, sous la saillie du toit, et
ils le mangent au travers des lisses, sans pouvoir le perdre sous leurs pieds ou le salir avec
leurs déjections. Le temps du dressage va commencer aussi pour eux; l'habitude du bridon,
de la couverte et de la sangle, des promenades
en main va s'acquérir chaque jour petit à petit;
bientôt, on va leur mettre une selle, et l'homme
en bois va devenir l'apprentissage de l'homme
réel auquel ils seront soumis aussitôt que leurs
forces pourront supporter son poids. On va faire

une étude de leurs allures et les leçons préparatoires de l'entraînement leur seront données. Pendant le cours de cet hiver, la ration d'avoine par jour est de huit litres.

Voici le printemps arrivé, il est temps de sortir ces poulains de leur habitation pour les mettre au vert. Un tri va s'opérer parmi eux. Les meilleurs, ceux sur lesquels le maître fonde les plus grandes espérances, vont aller passer leur année dans les herbages, les autres brouteront le trèfle ou le sainfoin abondant dans les plaines qui entourent la maison.

Suivons les premiers au pâturage : ce n'est plus vers les plantureuses vallées de Corbon qu'ils vont diriger leurs pas; ils ont assez de gros, une plus forte dose les rendrait trop lourds et trop empâtés, ce qu'il leur faut c'est du nerf, ils vont donc le chercher dans les régions où il s'acquiert, dans le Merlerault. Tous les herbages ne leur seraient cependant pas propres. Ampleur, légèreté, distinction et vigueur, tel est le but vers lequel tend M. Basly, et une longue et heureuse expérience lui a démontré que c'est dans les herbages de Coupigny, près Almenesches, qu'il peut y arriver sûrement. Ses poulains prennent possession des bons herbages nommés les Dix, les Onze Acres et le Petit-Breuil, où ils resteront jusqu'à la fin de la saison.

Quant aux autres, on les parque, tous sur une seule ligne, et de distance en distance, dans les champs qui leur sont destinés. Un piquet planté en terre retient une corde de huit à dix pieds de longueur, qui se termine par une large agrafe en bois. C'est dans cttee agrafe qu'est arrêtée, par une simple boucle, la longe du licol. Ainsi attachés, on les abandonne à eux-mêmes, et un homme préposé à leur garde les veille sans les quitter un seul instant. Ce nouveau mode de *dépaiscence*, ce nouveau lien qui traîne sur la terre, leur semblent un peu étranges dans les commencements et il est rare que cet apprentissage ne soit accompagné de quelque lourde chute. Le poulain se prend les pâturons ou les poignets dans sa corde, se débat dans ses entraves et tombe infailliblement. Son gardien accourt, dénoue la boucle de l'agrafe, le délivre et le relève. Cette leçon suffit au poulain, plus de prudence le rend plus adroit et il est rare qu'il soit pris deux fois au même piége. Nous ne voyons pas, nous hommes du Merlerault, sans quelque déplaisir, pour la première fois, de beaux et bons animaux livrés à ce mode d'élevage si éloigné de nos habitudes, car, s'il a du bon, il a aussi bien des inconvénients. Il habitue, il est vrai, le cheval à l'homme, il le rend doux, familier et paisible, point sauvage et point vert, ce qui le fait priser du commerce accoutumé à manipuler ces froides et lymphatiques bêtes dont l'Allemagne nous inonde; mais, d'un autre côté, cette nourriture si abondante des herbes fourragères, le défaut de cet exercice violent et salutaire que le poulain aime à prendre au milieu des grands pâturages, le prédisposent à un embonpoint, à une absence de tendons, à un empâtement de formes qui distinguent dès le premier coup d'œil le cheval de la plaine, et qui ne peuvent contrebalancer aux yeux du vrai amateur toutes les docilités, toutes les douceurs que l'on pourra lui alléguer. Ce campement continuel au milieu des plaines sans fin et sans abri les prédispose à des gourmes que nos herbages, toujours abrités par des arbres, des haies, des collines ou des bois, ne connaissent jamais. Il est encore un inconvénient de quelques parties de la plaine (mais qui est inconnu chez M. Basly, dont les terres, douces, franches et savonneuses entretiennent bien les membres et les tendons), c'est celui de fatiguer trop ces membres et de les affiner, de dessécher ces tendons qui s'amoindrissent et se noient entièrement.

Quand le cheval, dans sa marche circulaire, a fait place nette de son pâturage, on va planter plus loin son piquet qui devient le centre d'un cercle nouveau.

La mauvaise saison s'est fait sentir, les pluies, les brouillards et les frimats invitent les chevaux à quitter un sol qui ne les nourrit plus suffisamment et à regagner les écuries. L'âge adulte a sonné et avec lui le moment des épreuves. Les poulains sont mis, seul à seul, dans les boxes qu'un large vasistas placé au-dessus des portes et constamment ouvert, remplit d'un air pur et abondant ; sans cette précaution, les animaux nouvellement rentrés éprouveraient sans nul doute de graves accidents. Aussitôt qu'ils sont habitués à la réclusion, l'homme s'approche d'eux et leur demande résolument les épreuves qu'il en attend, et qui sont la base de l'éducation d'un bon cheval. Comme ils savent déjà supporter la selle, la bride et l'homme en bois, marcher en main sur une ligne droite et sur une ligne circulaire, la tâche du jockey est bien simplifiée, il les monte sans préambule et commence leur éducation. Le poulain ne perd plus, comme chez nous, un temps précieux à se défendre et à quitter sa sauvagerie, il marche droit devant lui, trotte avec franchise et est déjà entré nettement dans la voie de l'entraînement, lorsque le nôtre se voûte et bondit encore sous la selle, première infériorité du poulain du Merlerault lorsqu'il se trouve à côté de celui-ci sur le terrain. La seconde infériorité lui vient *de l'infériorité même* de notre sol sur le terrain des courses de M. Basly, qui, étant comme je l'ai dit, moelleux et élastique, permet de travailler ses chevaux bien mieux et plus longtemps que les nôtres, sans fatiguer leurs membres et leurs tendons et sans leur donner la funeste habitude de répéter en trottant, qui ne vient que de la souffrance qu'ils éprouvent sur un terrain trop sec. Quand un cheval, peu ou point entraîné, comme en ce pays-ci, sur une terre dure et pierreuse, parvient à la vitesse fabuleuse qui a été fournie par Eclipse, élève de M. de Narbonne, ou soutient de rudes et belles épreuves comme l'étalon Merlerault, sorti des écuries de M. Cenery Forcinal, il faut qu'il soit mille fois bon, c'est un sujet dont l'histoire eût enregistré les succès, si dès l'enfance M. Basly l'eût formé par une bonne nourriture, un travail progressif, et un entraînement entendu.

Je ne parlerai point de l'entraînement que tout le monde connaît, et qui consiste à faire perdre au cheval une graisse surabondante par le travail, une nourriture appropriée et des

purgations répétées souvent; allonger ses dé-
tentes, fortifier ses tendons par l'exercice, lui
donner une longue et puissante respiration en
développant ses poumons, décupler ses forces
et son énergie par une bonne alimentation.
M. Basly, puissamment aidé par M. Margue-
rin, son gendre, entend admirablement bien
cette science; mais ce qu'il entend mieux encore, ce sont les aptitudes qu'il sait pour ainsi
dire deviner. On a dit que l'homme devenait
orateur mais qu'il naissait poète, on peut dire
du cheval que s'il devient trotteur par l'exercice, par les soins et surtout avec l'âge (car si la
vitesse au galop décroît à 5 ou 6 ans, celle du
trot ne commence alors qu'à être dans toute
sa plénitude), pour être un trotteur accompli
il doit être né trotteur, c'est-à-dire avoir un ensemble de conformation et de qualités qui,
réunies et combinées donnent infailliblement
la vitesse, aussitôt que l'animal se met en mou-
vement. Aussi, quand à ces conditions ana-
tomiques M. Basly trouve réuni ce que l'on
nomme le sang, c'est-à-dire l'énergie, la résis-
tance et les dons innés que le sujet doit à ses
ascendants, s'ils ont eu des qualités de vitesse
ou de fonds, il fait choix du poulain et l'achète
à coup sûr, sans presque jamais se tromper.
Une longue habitude, des études patientes et
logiques, des comparaisons, des essais, l'ont
amené à lire non-seulement la conformation du
cheval dans le poulain, mais encore ses aptitudes et sa vitesse. Depuis la suppression des
courses au trot, qui avaient rendu le nom de
M. Basly si fameux (et qui ont posé M. Mar-
guerin, son gendre, comme le meilleur entraî-

neur au trot de notre époque, ayant non seulement le talent de former un cheval, mais surtout le don de mener vite, don qui ne s'acquiert pas, que peu de personnes possèdent et que je pourrais appeler le feu sacré) ; depuis, dis-je, la suppression des courses, M. Basly entraîne peu, il se contente de donner un bon exercice à ses poulains pour les condenser et les fortifier, pour leur faire acquérir une bonne vitesse qui sert elle-même à développer les poumons. Aussi, la ration d'avoine ne dépasse guère huit litres par jour pendant le troisième hiver, le printemps et l'été qui le suivent, jusqu'au moment où ses poulains sont vendus pour le haras ou castrés pour être livrés au commerce. Les vingt mille francs qu'il ne gagne plus sur les hippodromes ne retombent plus dans le coffre à l'avoine, une nourriture exceptionnelle devient inutile quand elle ne sert plus à réparer un travail qui n'est plus demandé aujourd'hui.

### Origine de l'établissement de M. Basly.

M. Basly perdit son père vers 1827, il avait vingt-sept ans environ à cette époque; il se trouva ainsi, par cet évènement, à la tête d'une culture considérable et où l'éducation du cheval, mais du cheval de commerce, entrait pour une large part, comme dans toutes les fermes de la plaine de Caen. L'exemple de ses voisins, de deux hommes renommés par leurs connaissances, MM. Eustache et Marion qui fournissaient chaque année d'excellents étalons aux haras, lui fit naître le désir d'élever également. Dès ce jour, sa vocation fut trouvée. Il acheta sept poulains de lait, et, grâce à son bon coup d'œil et à des soins intelligents, trois d'entre eux entrèrent au haras. Un fils d'Hœmus, élevé avec eux et qu'un accident empêcha d'être reçu au Pin, a été conservé par lui, et ce vieil étalon, auquel il donne les invalides, est la date vivante de ses premiers essais qui eussent été un long triomphe sans des évènements que nous rapporterons plus loin. Débuter par Questionneur, Royal et Rhéteur c'était, il faut l'avouer, commencer par un coup de maître. Notre pays s'en ressentit. Les bons poulains, recherchés avec soin par M. Basly, furent payés des prix jusque-là inconnus. On aspirait au bonheur de le recevoir, on cherchait avidement l'occasion de lui vendre un poulain, on s'estimait heureux qu'il eût bien voulu en distinguer un dans la foule, c'était une bonne recommandation pour la race de la mère, une inscription au livre d'or. Le bon accueil qu'il recevait au Merlerault, la production de l'immortel étalon Voltaire qui en venait, tout contribua à le ramener souvent dans nos contrées où il vivifiait l'élève du cheval par les prix élevés qu'il donnait de nos poulains ; il est telles maisons qu'il a enrichies par les achats annuels qu'il y opérait.

Son nom, grandissant de jour en jour, arriva jusqu'aux oreilles de monseigneur le duc d'Orléans, c'était, si je ne me trompe, en 1839. Ce prince voyait avec peine notre infériorité équestre vis-à-vis de l'Angleterre, et il regrettait que la mode allât à chaque instant porter nos trésors à des étrangers dont il était jaloux de se passer, il eût voulu que la France pût se suffire à elle-même et qu'il y eût sur notre sol une de ces grandes personnalités équestres, comme en Angleterre, qui élevât avec tact, avec savoir et sur un cadre assez grand, pour donner l'élan à tout un pays, le cheval de demi-sang, étoffé, distingué, bien dressé et pouvant convenir aux besoins du jour. Il fit part de ses chagrins à M. Dittemer, inspecteur général des Haras et lui exposa ses vues. M. Dittemer lui nomma M. Basly dont il retraça les essais, la marche si logique, les connaissances et les succès; il le lui proposa comme le seul homme capable de bien exécuter son idée. Le prince fut convaincu et fit venir M. Basly, lui déroula son plan, lui demanda s'il voulait s'en charger et lui offrit sa protection. L'offre était trop glorieuse et trop séduisante pour être refusée. M. Basly se mit incontinent à l'œuvre, acheta tous les plus beaux poulains qu'il put trouver, les éleva d'après les meilleures méthodes, renversa son vieil établissement pour le rebâtir d'une manière plus avantageuse. Les encouragements ne lui manquèrent pas; plus de 250,000 fr. de chevaux, vendus dès la première année, le lancèrent vigoureusement dans la voie qu'il avait embrassée. Tout allait à souhait, ses chevaux recherchés dans les haras et pour le commerce, se vendaient ce qu'il voulait, nos poulains achetés dans les mêmes proportions (le prix de quelques-uns alla jusqu'à 2,800 fr.), faisaient notre aisance. L'année suivante, mêmes efforts, mêmes succès, mais ce furent les derniers. Une mort inopinée vint frapper le duc d'Orléans. Basly perdit un premier protecteur; M. Dittemer mourut quelque temps après, et avec lui s'éloignaient toutes les espérances. Les poulains achetés si cher ne trouvèrent plus un débouché avantageux lorsqu'ils furent devenus chevaux, les pertes s'accumulèrent; M. Basly porta ses doléances au roi, mais le père, qui n'était point homme de cheval, ne continua point la protection qu'avait offerte un fils plein de vie et qui ne songeait pas que la mort le mettrait bientôt dans l'impossibilité de tenir sa promesse. Un homme moins habile que M. Basly aurait succombé, sa judicieuse entente du cheval lui fit traverser sans sombrer cette cruelle épreuve. Une plus dure encore l'attendait, 1848 arriva, et avec lui la perte du crédit, l'anéantissement du cheval de luxe, l'incertitude de l'avenir. Son haras lui pesait lourdemennt, en vain offrait-il pour des prix dérisoires, pour rien, ses meilleurs chevaux, il ne se trouvait personne qui voulût le débarasser. Ce fut dans ces circonstances que l'on vit instituer les courses au trot, où M. Basly avait déjà brillé d'une manière si éclatante avec son fameux cheval Vestris, Xérophratius et Trim le bon trotteur. Cette institution fut son salut. Il lui restait dans sa ruine l'intrépide Ramsay, Dumnacus, Berthier, Confidence, Macdonald, Boileau et Biron, ses dignes rivaux, qui lui gagnèrent plus de 20,000 fr. de prix dans cette année. Cette mine d'or le remit à flot et fut pour lui l'aurore d'éclatants succès. Nous ne le suivrons point dans cette carrière des courses au trot, ce serait une longue nomenclature de triomphes.

Cette instition nouvelle semblait bien assise,

mais des changements survenus tout à coup, vers 1852, dans les rangs les plus élevés de l'Administration des Haras, la bouleversèrent de fond en comble et amenèrent au pouvoir des hommes ennemis de ce que leurs prédécesseurs avaient créé. Adieu les belles courses au trot, luttes si utiles pour connaître la valeur réelle des étalons et pour encourager les éleveurs sérieux qui puisaient dans les prix qui leur étaient offerts une juste rémunération de leurs efforts. L'argent du triomphe retombait sur le producteur de poulains, une partie des gains servait à renouveler chaque année les élèves.

A partir de 1855, un petit nombre d'étalons de demi-sang, sera désormais acheté au bout de la longe, sans moyen d'apprécier leur énergie et leurs qualités. Etait-ce donc bien la peine de tant crier autrefois contre les étalons indolents que l'on choisissait sur leur bonne mine, sans moyen d'expérimenter ce qu'ils valaient, pour retomber au même point, après avoir tenu les courses au trot dans sa main, après avoir éprouvé pendant quatre ans les bienfaits d'un concours qui nous montrait la bonté des reproducteurs, qui les rendait doux et maniables, qui versait dans le pays des sommes trop peu abondantes, il est vrai, mais déjà rémunératoires pour les éleveurs?... Le producteur et l'éleveur se sont lancés dans des sacrifices d'argent considérables, quelques-uns se sont gênés, beaucoup peut-être, se sont appauvris, comptant sur les courses, pour acheter des poulains de bonne race et former de bons trotteurs, et voilà que d'un trait de plume il est fait table rase de tous leurs sacrifices, voilà qu'en un jour s'anéantissent toutes leurs espérances de succès.

Un des plus cruellement frappés par cette mesure a été M. Basly, parce que c'était lui qui avait acheté le plus de poulains trotteurs, qui y avait employé la plus grande quantité d'argent et qui avait le plus fait d'efforts pour les amener dans de bonnes conditions.

Les poulains que leur naissance appelait à briller sur les hippodromes et qui ne demandaient qu'à payer largement à leur maître les soins attentifs qu'il leur donnait grandissent dans une indigne oisiveté. Philosophe et Romulus qui eussent jeté un éclat sans égal, le beau cheval Ravissant, si digne de son nom, sont sortis de l'écurie de Saint-Contest sans rapporter autre chose que des prix illusoires. Le frère d'Ouvrier qui à huit mois a coûté 3,200 francs et Succès n'auront peut-être pas d'occasion de déployer la vitesse que la nature et l'éducation leur ont donnée.

M. Basly ne trouvant plus de bénéfices dans l'élevage des étalons de demi-sang trotteurs, qui ont fait sa réputation, et ne se croyant pas assez vieux pour se reposer dans une gloire si laborieusement acquise, va renoncer à cette branche, dont tout semble nous prédire la ruine prochaine. Il veut entrer dans la carrière si glissante des courses au galop. Nous ne le suivrons point dans cette voie que nous n'approuvons pas, nous ne l'accompagnerons pas sur cette mer toujours si pleine d'écueils et dont les faveurs sont si

perfides. Nous jetterons en finissant un coup d'œil sur les élèves fameux qu'il a faits, depuis son début jusqu'à nos jours, sur les beaux produits de pur sang qui grandissent aujourd'hui dans ses écuries.

### Élèves principaux de M. Basly.

Je n'entreprendrai point la tâche trop fastidieuse de citer tous les bons chevaux, au nombre de plus de trois cents, qui sont sortis des écuries de Saint-Contest, ce serait une formidable liste, trop longue pour être lue; mais je ne puis résister au besoin de rappeler le souvenir des meilleurs, de ceux dont le nom vit dans toutes les mémoires. En voyant s'avancer ce brillant bataillon de glorieux combattants, cette phalange compacte de reproducteurs renommés qu'a fournis M. Basly, le titre de pourvoyeur des Haras, le surnom si noblement conquis de l'Alexandre des courses au trot, sortiront involontairement de nos bouches, pour lui être offerts à l'envi.

Balthazard, pur sang, excellent cheval qui a battu le fameux Maryland; Berthier, Biron, Boileau, trotteurs renommés; Attrape-qui-Peut, Comfortable, Corneille, Candidat, trotteurs distingués; Cultivateur, trotteur renommé qui fut le rival heureux de Merlerault et de Pledge, les meilleurs chevaux de leur année; Confidence, trotteur de premier ordre, qui fit, monté, huit tours d'hippodrome, seize kilomètres, dans le même jour, et remporta trois prix. Le lendemain, attelé d'abord une fois au tilbury, puis deux fois au breack avec

Macdonald, il fit six tours, douze kilomètres,
et gagna trois prix; dans l'épreuve de la veille
où il n'eut pas le prix, il arriva premier encore, mais l'argent fut donné au second pour
punir Confidence d'avoir galopé un instant;
Châtelain et Dumnacus, trotteurs fameux,
tous deux pur sang, tous deux frères et tous
deux vainqueurs dans toutes les épreuves où
ils prirent part; Eclipse, trotteur fameux,
qui fit dans une épreuve libre, à la prière du
général La Moricière, ne pouvant à cause de
sa petite taille, prendre part au concours,
quatre mille mètres en 7 m 17 s, puis dans une
épreuve sérieuse, quatre mille mètres en 6 m 55 s
battant De Thou, excellent trotteur qui n'arriva qu'en 7 m; Géomètre, trotteur renommé,
à qui valut ce nom l'aisance qu'il mit à me-
surer le terrain; Favory, Frise-Poulet, trotteurs renommés; Gouffern, demi-sang, coureur
fameux, qui remporta de glorieux triomphes;
Henry, demi-sang, qui remporta des prix au
galop et lutta d'une manière remarquable
contre des chevaux de pur sang de bonne
origine; Hippomène, Jean Bart, trotteurs
distingués; Jenny l'Ouvrière, trotteuse renommée, fille du fameux M. Wags et d'une célèbre
trotteuse qui battit d'une longueur une redou-
table rivale d'Angleterre, qui était venue à
Caen pour la combattre; Mazuline, pur sang,
coureur distingué; Macdonald, trotteur fameux, qui fut choisi pour faire le second du
célèbre Confidence; Newmarkett, Nigaudin,
Nicaise, Négociateur, Necker, Nerva, Nessus,
Nicolas, Navigateur, Négligent, Nanterre,

trotteurs renommés; Ouvrier, trotteur fameux, qui prend rang près de Confidence, d'Eclipse, de Philosophe et de Ramsay dont nous parlerons plus bas; Observateur, Orgie, Orateur, Ouragan, Olivier, Parvenu, Pledge, Professeur, Passe-Partout, Paternel, Perfection, Pancrasse, Patriote, Pilote, Praticien, trotteurs renommés; Pourceaugnac, Paul de Kock, chevaux de pur sang qui coururent bien et se distinguèrent dans leur temps; Philosophe, trotteur fameux de premier ordre, le meilleur cheval qui ait jamais foulé le sol d'un hippodrome et qui n'a jamais eu de rival. On croit cependant qu'Eclipse eût été bien meilleur que lui, s'il eût été dressé et entraîné dès l'enfance, mais comme ils ont vécu en des temps différents, ils n'ont jamais lutté l'un contre l'autre. Tous deux invaincus gardent leur gloire complète. Rival, trotteur renommé; Ramsay, l'intrépide Ramsay, trotteur de pur sang, fils de l'immortel Sylvio, et frère de la célèbre jument Frétillon, dont la renommée est Européenne. Cinq fois il disputa le prix du trot sur l'hippodrome et fut cinq fois vainqueur; Robinson, pur sang, trotteur fameux, qui avait tant de gros et tant d'ampleur, qu'il s'attelait au tilbury et au break, luttant de carrure avec les carrossiers; Raphaël, cheval de steeple-chase fameux, qui remporta grand nombre de glorieux triomphes, battant des chevaux de pur sang bien connus dans les courses; Romulus, trotteur fameux, digne d'être le rival des Philosophe et des Eclipse. Romulus, glorieux enfant du Merlerault, que j'ai oublié en décrivant ce pays, je t'en exprime mes regrets. Il est né à Chailloué, chez M. de la Haie; son père est le fameux étalon Merlerault, né aussi dans le beau pays dont il porte le nom, sa mère est une trotteuse de premier ordre, née chez M. Le Conte, à Montrond, près le Merlerault; elle est fille d'Epaminondas (fils de Pick-Pocket et d'une D. I. O., sortie d'une Galli-poly, sortie elle-même d'une jument anglaise); Trim, trotteur fameux; Vautrin, cheval de pur sang fameux, un des meilleurs sauteurs de barrière de son temps; Vaillant et Van-dame, trotteurs distingués; Vestris, trotteur renommé, qui inaugura la gloire de M. Basly, et qui fut suivi dans cette carrière par Xéro-phrasius, dont le nom ne sera point oublié. Devenus étalons, ils ont conservé le rang qu'ils s'étaient si brillamment conquis dans les courses. Parmi ceux dont le mérite comme étalons fait la seule gloire, n'ayant jamais été lancés sur le terrain (les courses au trot n'étaient pas encore inaugurées, ou avaient disparu, quand ils eurent atteint l'âge de courir), on cite les noms suivants, qui brillent d'un éclat incontesté:

Carnassier, Castor, Décember, Diomède, Dispos, Faliéro, Galba, Gallion, Ganimède, Gaveston, père du fameux Berthier, Habile, Homère, Nerveux, Questionneur, Quintescen-ce, Rabelais, étalon de pur sang, Ravissant, Rhéteur, Royal, mort si jeune et qui ne saillit qu'une fois; ce fut de cette monte que naquit le fameux étalon Trotteur qui dut son nom à ses brillantes allures. Trotteur, à son tour, a produit la célèbre jument Nina, la meilleure trotteuse de l'Orne, avec la mère de Romulus. Visir, le plus délicieux cheval qui soit sorti du Merlerault; Voltaire, l'immortel Voltaire qui s'entoura de tant de fils remarquables et de tant de filles renommées; Tic-Tac, Wanton, etc.

### Personnel en 1855.

M. Basly possède dix étalons qui font la monte à Bayeux : Balthazard, pur sang; un fils d'Erémos et de Taglioni fille de Mameluke, ancienne jument de M. Duval, il est frère de Morock, Gouffern et Long-Pré; Qu'en-Dira-t-On par Cattoniam; un fils de Kléber; un fils de Kramer sorti de la Pick-Poket de M. Millet; un fils de Pledge sorti de la Dupleix de M. G. Buisson; Occasion par Governor et la Diomède de M. Chappey; Passe-Partout par Royal-Oak et la Diomède de M. Chappey; Perruquier par Hospodar; puis un dixième dont le nom m'échappe en ce moment.

Ma tâche n'est point de vous faire voir d'avance les beaux poulains de demi-sang qui se préparent à entrer au Haras. Ceux qui les ont vendus, s'ils ne sont prévenus à l'avance, auront plus de plaisir en les voyant entrer; l'ignorance de ce que sont devenus ses poulains, rend pour le producteur la reconnaissance plus piquante lorsqu'il les voit revenir étalons. Plusieurs sont extrêmement remarquables et m'ont fait le plus grand plaisir; je ne doute pas que les vrais amateurs de chevaux n'adressent à M. Basly leurs sincères félicitations d'avoir formé de si beaux élèves.

Entrons maintenant dans les paddocks qui contiennent les élèves de pur sang, contemplons ces jeunes animaux dont quelques-uns ont tant d'ampleur et tant de force, qu'on a besoin de toute sa confiance dans le maître pour le croire de pur sang. Bien de bons demi-sang n'égaleraient pas leur puissante ossature :

Radetzky par Tipple-Cider et miss Sophia, Sans-Tache par Tipple-Cider et Camélia, tous deux de la race fameuse de M. Calenge; Miosotis par Volcano et Honey-Moon, enfant du Haras du Pin, qui en est sorti lors de la funeste vente de 1852; c'était alors un des poulains les moins remarquables de cet établissement, aujourd'hui il ferait envie au meilleur éleveur: tout est dans la bonne origine et dans la bonne éducation; Carnaval, fils de Ballin-Kéele et de Zille, né en 1853; un fils du même cheval et de la même jument, né en 1854; Francœur, fils de Sylvio et de Cochlea, né en 1852; Athos par Schamyl et Cochlea, né en 1853; un fils de Brocardo et de Cochlea, né en 1854; Clovis, fils de Tipple-Cider et de Danaïde, né en 1853; Répartiteur, fils de Tipple-Cider et de Whalebonemare, né en 1853; un fils de dom Balthazard et de Whalebonemare, né en 1854; une fille de Schamyl et de Whalebona, née en 1855, le dernier fruit de cette précieuse jument du Haras du Pin.

Ces deux places vides sont celles qu'occupent Cavatine et Adeline. Regrettons que l'obligation de chercher des maris dignes d'elles nous prive de la vue de ces belles juments, l'une qui fut une des perles du Haras du Pin, l'autre qui se repose aujourd'hui à Saint-Contest des glorieuses courses qui ont rendu si fameux le nom de la belle Cavatine.

FIN.

MORTAGNE. — Imprimeries LONCIN et DAUPELEY,
Rue d'Alençon et place d'Armes.